AF509739

VENTE

Du Samedi 23 Avril 1898

HOTEL DROUOT, SALLE N° 11

A 2 heures un quart

OBJETS DE VITRINE

Bijoux, Montres anciennes

ÉVENTAILS, MINIATURES, ARGENTERIE, LIVRES, ARMES

MEUBLES ANCIENS & DE STYLE

Boiseries

TABLEAUX ANCIENS & MODERNES

DES DIVERSES ÉCOLES

M* E. THOUROUDE	**M. A. BLOCHE**
Commissaire-Priseur	*Expert*
32, Rue Le Peletier, 32	28, Rue de Châteaudun, 28

EXPOSITION PUBLIQUE

Le Vendredi 22 Avril 1898

DE 2 HEURES A 6 HEURES

CONDITIONS DE LA VENTE

Elle sera faite *expressément* au comptant.

Les acquéreurs payeront en sus des adjudications *cinq pour cent*, applicables aux frais de la vente.

L'exposition mettant le public à même de se rendre compte de l'état et de la nature des objets, il ne sera admis aucune réclamation une fois l'adjudication prononcée.

DÉSIGNATION

OBJETS D'ART ET DE VITRINE

1-2 — Deux éventails Louis XVI, monture en ivoire repercé et rehaussé d'or, feuilles représentant des sujets galants au milieu de guirlandes et de paillettes.

3 — Éventail monture en nacre rehaussée d'or.

4 — Éventail monture en ivoire ajouré.

5 — Éventail monture en bois laqué.

6 — Bonbonnière Louis XVI, en cuivre ciselé et doré ornée d'un émail, petit enfant avec un chien.

7 — Monture en or ciselé de l'époque Louis XVI,
broche ornée au centre d'un émail : Portrait
de femme tenant un masque.

8 — Montre en or Louis XVI, entourage en
roses et ornée au centre d'un émail : Portrait de jeune fille.

9 — Montre en or Louis XVI, émaillée fond
vert et polychrome.

10 — Montre en or Louis XVI, entourage en
petites perles d'émail et bande bleue.

11 — Montre avec double boîtié émaillé, décor
snjet champêtre.

12 — Miniature ronde, portrait du Dauphin.

13 — Miniature ovale, portrait de Napoléon Ier.

14 — Miniature ovale : Portrait de femme.

15 — Miniature : Portrait de femme tenant un
livre.

16 — Broche camée tête de femme.

17 — Paire de flambeaux Louis XVI en argent, décor à cannelures guirlandes et tête de béliers.

18 — Paire de petites appliques Louis XVI, en argent, décor à rubans et guirlandes de fleurs.

19 — Petit bénitier en argent repoussé.

20 — Étui à cigarettes en argent repoussé, décor Louis XV.

21 — Bonbonnière Louis XVI en cuivre ciselé et doré, ornée au centre d'un émail entouré de strass, tête d'homme.

22 — Pendule en bronze ciselé et doré du Ier Empire.

23 — Soupière en ancienne faïence de Marseille.

24 — Miniature : La marchande de fleurs.

25 — Miniature : Portrait de femme. Signée Augustin.

26 — Miniature : Portrait de femme, par Perrin.

27 — Bonbonnière, couvercle orné d'une miniature : Portrait de Mme de Brissac.

28 — Miniature : Portrait de jeune fille, de
Danbrin.

29 — Miniature : Portrait de femme. Signée
Russel John.

30 — Miniature : Portrait d'homme par Isabey.

31 — Miniature : Portrait de l'Impératrice José-
phine d'après Prudhon.

32 — Miniature : Mme Victoire, d'après Nattier.

33 — Miniature : Mme Adélaïde, d'après Nattier.

34 — Miniature : Sujet galant.

35 — Bonbonnière en ivoire ornée d'une miniature.

36 — Miniature ronde sur ivoire portrait de
jeune femme. d'après Hall.

37 — Miniature ronde sur ivoire portrait de la marquise de Coulanges.

38 — Bonbonnière en ivoire ornée d'une miniature.

39 — Statuette en terre cuite polychrome avec corbeille formant jardinière.

40 — Groupe en biscuit.

41 — Grand plat en faïence, décor à personnages

42 — Statuette en terre cuite.

43 — Service à café en porcelaine de Saxe.

44 — Jardinière en faïence de Pesaro.

45 — Deux buires en faïence italienne.

46 — Deux beaux vases en faïence émaillée sujets allégoriques.

47 — Groupe en terre cuite sujets espagnols.

48 — Quatre anciennes statuettes en terre cuite décorée.

49 — Deux groupes en porcelaine de Saxe, scènes familiales.

5o — Bouilloire argentée et gravée.

51 — Compotier avec couvercle en cristal de Bohême.

52 — Plat en émail cloisonné du Japon, décor polychrome.

53 — Deux coupes en émail cloisonné et bronzes travail français.

ARMES

54 — Poignard de ceinture indou xviiie siècle.

55 — Sabre espagnol à lame de Tolède extrêmement flexible et incrustée d'or.

56 — Kandjar indou du xviiie siècle admirablement ment ciselé.

57 — Paire de pistolets baïonnettes Louis XVI.

58. — Sabre de cantinière de l'artillerie de la
garde 2e empire.

59 — Sabre d'officier de chasseurs, Ier empire.

60 — Sabre d'officier d'état-major de l'armée
d'Egypte, lame en damas.

61 — Fusil à deux coups d'un chef vendéen,
avec baïonnette (les armoiries ont été effacées
sur l'écusson.)

62 — Khouttar indou à trois lames avec incrus-
tations.

63 — Poignard Médicis richement ciselé.

65 — Poignard indou à deux lames orné d'in-
crustations.

65 — Poignard de marine xviiie siècle avec chaî-
nette.

66 — Poignard kurde ancien incrusté d'or poignée en ivoire ciselé.

67 — Poignard persan ancien incrusté d'or, fourreau et poignée ciselés et dorés.

68 — Sabre poignard de cantinière des zouaves de la garde 2ᵉ empire.

69 — Sabre de cosaque du Don.

LIVRES

70 — Mémoires sur la Bastille par LINGUET (édition originale, Londres 1783, très rare.)

71 — Œuvre de Boileau deuxième édition 1713 (deux volumes en un seul.)

72 — Dictionnaire de l'Académie française 1762.

73 — Œuvres du philosophe de Sans-Souci (Frédéric II roi de Prusse) Postdam 1760 (deux volumes en un seul.)

74 — Nombreux volumes : romans, histoires, sciences, médecine.

75 — Journaux illustrés, musique, etc.

MEUBLES. SCULPTURES

76 — Buste en marbre : Diane d'après HOUDON.

77 — Console en bois noir à rehauts d'or, dessus en marbre blanc. Style Louis XV.

78 — Statuette en marbre blanc : Innocence.

79 — Commode Louis XV en marqueterie de bois.

80 — Commode Louis XVI en marqueterie de bois.

81 — Petit secrétaire en bois de rose.

82 — Petit cabinet Louis XIII en bois noir.

83 — Trois chapiteaux corinthiens en bois sculpté à rehauts d'or. XVIIe siècle.

84 — Quatre boiseries d'angles en bois sculpté à guirlandes et nœuds de rubans Louis XVI.

85 — Quatre cadres ovales en bois sculpté à feuillages Louis XVI.

86 — Bureau à bascule en bois sculpté. Époque Louis XV.

87 — Six chaises en bois d'acajou sculpté garnies, en blanc Louis XVI.

88 — Deux grandes statues en bois noirci représentant des négrillons.

89 — Grand bois de canapé-lit en bois sculpté. Époque Louis XV.

90 — Buffet à voussure de style Renaissance en chêne sculpté.

91 — Buffet à deux corps en noyer ciré.

92 — Vitrine en acajou Ier Empire ornée de bronzes.

93 — Écran en acajou Ier Empire.

94 — Toilette en acajou Ier Empire ornée de bronzes.

95 — Bureau Louis XIV en marqueterie orné de bronze.

96 — Glace ovale avec cadre en porcelaine de Saxe, décor à fleurs et volatiles, le haut couronné par deux enfants tenant un écusson, portrait de femme.

97 — Paire de vases cassolettes en porcelaine de Saxe, style Louis XVI, fond blanc à filets verts, décor à fleurs et guirlandes, et accostés de deux figurines d'enfants.

98 — Grand tapis moquette fond rouge, dessin Louis XV ton sur ton,

99 — Trois appareils photographiques.

100 — Quatre objectifs.

101 — Lot de nombreuses plaques photographiques.

102 — Microseope sur pied avec boîte.

103 — Niveau de géomètre avec son support.

TABLEAUX, DESSINS, GRAVURES

104 — ARCOS. *Tête de femme espagnole.* Aqua-
relle.

105 — BACKUYZEN. *Marine.* Peinture sur
marbre, cadre en bois sculpté de l'époque.

106 — VAN BIECHERECK. *Animaux au pâtu-
rage.* Signé et daté 1853.

107 — CHARLET. *Bonaparte traversant les
Alpes.*

108 — *Grenadier I*er *Empire.*

109 — CASTIGLIONNE. (attribué à Giovanni
Benedetto) *Abraham et Melchissédech.* Deux
pendants.

110 — CHAPLIN (attribué à). *Femme nue.*

111 — VANDER CABEL. *Marine.*

112 115 — GERICAULT (attribué à) Suite de quatre tableaux. *Études de chevaux.*

116 — GUILLEMAIN. *Discussion religieuse.*

117 — HUET (d'après). *L'Hiver et l'Été.* Deux gravures en couleur.

118 — LÉONARD DE VINCI (école de). *Combat de Cavaliers.*

119 — DELAUNAY (d'après). *L'Heureuse fécondité et le Bonheur du ménage.* Deux gravures.

120 — MOLA (Francisco). *Paysage.*

121 — MARUHAT. *Vue de Syrie.*

122 — MANTEUIL. *Scène galante.*

123 — OMMEGANCK. *Paysage avec animaux.* Dessin.

124 — POUSSIN (École du). *Bacchanale.*

125 — RICHTER (E.) *Portrait d'un acteur de la Comédie-Française.*

126 — STOLKER. *Portrait d'homme.* Dessin.

127 — DE SAINT-AUBIN *Portrait de femme.*
Dessin.

128 — ÉCOLE FRANÇAISE. *Portrait de Jeune*
fille.

129 — ÉCOLE FRANÇAISE. *L'Enfant prodigue.*

130 — ÉCOLE **FLAMANDE.** *Paysage.*

131 — ÉCOLE HOLLANDAISE. *Nature morte.*

132 — Objets omis.